Robert Gernhardt
entdeckt
Heinrich Heine

Lyrik im EUROPA VERLAG

ROBERT GERNHARDT

entdeckt

HEINRICH HEINE

EUROPA VERLAG
HAMBURG · WIEN

»Lyrik im Europa Verlag«
wird herausgegeben von Axel Marquardt

Die Deutsche Bibliothek – CIP Einheitsaufnahme
Ein Titelsatz für diese Publikation ist bei
Der Deutschen Bibliothek erhältlich.

Erstausgabe

Umschlaggestaltung: Kathrin Steigerwald, Hamburg
Foto: Karl Blossfeldt
Druck und Bindung: Wiener Verlag, Himberg bei Wien
ISBN 3-203-84300-5

Informationen über unser Programm erhalten Sie beim
Europa Verlag, Neuer Wall 10, 20354 Hamburg
oder unter www.europaverlag.de

Einleitung

von Robert Gernhardt

Als ich mich bereit erklärte, eine Auswahl von Heinrich Heines Gedichten zusammenzutragen, glaubte ich, vor einer verhältnismäßig einfachen Aufgabe zu stehen:

Da Gedichte in zeitlicher Reihenfolge auf unüberbietbare Weise das Sichfinden und Sichändern ihres Dichters wiedergeben, lag es nahe, die Auswahl auf Klaus Brieglebs Insel-Taschenbuch »Heine Sämtliche Gedichte« zu gründen.

Da diese Sammlung 854 Seiten Gedichte enthält, die Auswahl aber sich mit 95 Seiten begnügen muß, schieden lange und mehrteilige Gedichte wie das sechsseitige »Sklavenschiff« oder die neunseitige Legende »Der Tannhäuser« von vornherein aus.

Da ich selber von einer Anthologie erwarte, daß sie neben den vom Anthologisten bevorzugten Gedichten auch die von Generationen geliebten, zum poetischen Allgemeingut gewordenen Erfolgstitel des Dichters enthält, durften in meiner Heine-Auswahl weder seine frühe »Loreley« fehlen, noch die »Doktrin« der Reifezeit noch das späte »Vermächtnis«.

Da Heinrich Heine ein poetisches Einmann-Orchester ist, einer, der ebenso gut zu flöten, zu trommeln, zu posaunen, zu orgeln und den Marsch zu blasen versteht, war darauf zu achten, jedem dieser Instrumente wie auch Heines ungemein modulationsfähiger Singstimme Gehör zu verschaffen.

Und da Heine nicht nur eine hohe Meinung von seinem Dichtertum hatte – »Nennt man die besten Namen / So wird auch der meine genannt« –, sondern auch mit großem Kunstverstand dichtete, indem er ebenso alte Tonfälle aufgriff wie neue erprobte, schien das einzige Problem dieser Auswahl die Qual der Wahl zu sein. Doch dann tauchte ein weiteres, ernsteres auf.

Um es in Klaus Brieglebs Worten zu sagen: »Heine hat seinen Gedichten ein Stück Autonomie genommen und in ihren zyklischen Zusammenhang übertragen«, und dieses Dichten in Zyklen hat zur Folge, daß viele Gedichte keine Überschriften tragen, sondern numeriert sind, wenn sie nicht lediglich durch Zäsurstriche voneinander getrennt werden.

Da sich in diesen Zyklen einige der bekanntesten Gedichte Heines finden, war ich gezwungen, sie aus dem vom Dichter gewollten Zusammenhang zu reißen.

Und da ich die Lesbarkeit und Übersichtlichkeit der Auswahl zu erleichtern suchte, habe ich von Briegleb nicht nur Heines – manchmal vom Dichter später verworfene – Überschriften und Zwischenüberschriften übernommen, sondern auch jene Titel, die Briegleb eingefügt hat, »Herbstzyklus« etwa oder »Winterzyklus«.

Briegleb hat seine Einsprengsel durch eckige Klammern kenntlich gemacht, ich glaubte auf Philologengründlichkeit verzichten zu dürfen: Wem es nach dem von mir angerichteten Heine-Spezialitäten-Teller nach dem vollständigen Heinrich-Heine-Menü gelüstet, der hat glücklicherweise die Auswahl zwischen mehreren Heine-Anbietern, angefangen mit Klaus Briegleb, dessen opulente Ausgabe sämtliche Gedichte in zeitlicher Folge und in der vom Dichter autorisierten Fassung letzter Hand versammelt.

Seit meiner Schulzeit habe ich Gedichte Heines gekannt, gelesen und geschätzt – Heines Gedichte in ihrer ganzen Fülle, ihrem ganzen Reichtum an Themen und Erzählformen, ihrem staunenswerten Brückenschlag zwischen Artistik und Engagement lernte ich erst dank eines Heine-Jubiläums kennen: Da am 13. Dezember 1997 der 200. Geburtstag des Dichters gefeiert werden konnte, hatte mich eine Zeitung um einen Beitrag zum Dichter Heine gebeten. Also las ich endlich seine sämtlichen Gedichte, und nach und nach füllten derart insistierende Heine-Stimmen meinen Kopf, daß ich einen Monat lang in Heine-Zungen schrieb. Der Ertrag, ein Zyklus aus siebzehn Gedichten, wurde zuerst in besagter Zeitung und dann im Gedichtband »Klappaltar« veröffentlicht. Zwei dieser Lese- und Dichtungsfrüchte sollen die Nachbemerkung beschließen – vielleicht tragen sie neben meiner Auswahl dazu bei, den Hunger nach immer mehr Heine zu schüren:

Erkenntnis

Wer wann was liest, hat manchen Grund.
Ob dich ein Buch in Ruh läßt,
Entscheidest du, indem du es
Nicht öffnest, sondern zuläßt.

Ich ließ so manches zu. Man kann
Nicht alles haben wollen.
Jedoch:
Den späten Heine hätte ich
Schon früher lesen sollen.

Einsicht

»Anders liest der Knabe Terenz,
Anders der Greis.«
Anders liest den Heine, der ahnt.
Anders, der weiß.

Holzmeyer

Lieb Liebchen, legs Händchen aufs Herze mein; –
Ach, hörst du, wies pochet im Kämmerlein?
Da hauset ein Zimmermann schlimm und arg,
Der zimmert mir einen Totensarg.

Es hämmert und klopfet bei Tag und bei Nacht;
Es hat mich schon längst um den Schlaf gebracht.
Ach! sputet Euch, Meister Zimmermann,
Damit ich balde schlafen kann.

Die Grenadiere

Nach Frankreich zogen zwei Grenadier,
Die waren in Rußland gefangen.
Und als sie kamen ins deutsche Quartier,
Sie ließen die Köpfe hangen.

Da hörten sie beide die traurige Mär:
Daß Frankreich verloren gegangen,
Besiegt und zerschlagen das große Heer –
Und der Kaiser, der Kaiser gefangen.

Da weinten zusammen die Grenadier
Wohl ob der kläglichen Kunde.
Der eine sprach: Wie weh wird mir,
Wie brennt meine alte Wunde!

Der andre sprach: Das Lied ist aus,
Auch ich möcht mit dir sterben,
Doch hab ich Weib und Kind zu Haus,
Die ohne mich verderben.

Was schert mich Weib, was schert mich Kind,
Ich trage weit beßres Verlangen;
Laß sie betteln gehn, wenn sie hungrig sind –
Mein Kaiser, mein Kaiser gefangen!

Gewähr mir, Bruder, eine Bitt:
Wenn ich jetzt sterben werde,
So nimm meine Leiche nach Frankreich mit,
Begrab mich in Frankreichs Erde.

Das Ehrenkreuz am roten Band
Sollst du aufs Herz mir legen;
Die Flinte gib mir in die Hand,
Und gürt mir um den Degen.

So will ich liegen und horchen still,
Wie eine Schildwach, im Grabe,
Bis einst ich höre Kanonengebrüll
Und wiehernder Rosse Getrabe.

Dann reitet mein Kaiser wohl über mein Grab,
Viel Schwerter klirren und blitzen;
Dann steig ich gewaffnet hervor aus dem Grab –
Den Kaiser, den Kaiser zu schützen.

Lied des Gefangenen

Als meine Großmutter die Lise behext,
Da wollten die Leut sie verbrennen.
Schon hatte der Amtmann viel Dinte verklext,
Doch wollte sie nicht bekennen.

Und als man sie in den Kessel schob,
Da schrie sie Mord und Wehe;
Und als sich der schwarze Qualm erhob,
Da flog sie als Rab in die Höhe.

Mein schwarzes, gefiedertes Großmütterlein!
O komm mich im Turme besuchen!
Komm, fliege geschwind durchs Gitter herein,
Und bringe mir Käse und Kuchen.

Mein schwarzes, gefiedertes Großmütterlein!
O möchtest du nur sorgen,
Daß die Muhme nicht auspickt die Augen mein,
Wenn ich luftig schwebe morgen.

Die Botschaft

Mein Knecht! steh auf und sattle schnell,
Und wirf dich auf dein Roß,
Und jage rasch durch Wald und Feld
Nach König Dunkans Schloß.

Dort schleiche in den Stall, und wart,
Bis dich der Stallbub schaut.
Den forsch mir aus: Sprich, welche ist
Von Dunkans Töchtern Braut?

Und spricht der Bub: »Die Braune ists«,
So bring mir schnell die Mär.
Doch spricht der Bub: »Die Blonde ists«,
So eilt das nicht so sehr.

Dann geh zum Meister Seiler hin,
Und kauf mir einen Strick,
Und reite langsam, sprich kein Wort,
Und bring mir den zurück.

Belsatzar

Die Mitternacht zog näher schon;
In stummer Ruh lag Babylon.

Nur oben in des Königs Schloß,
Da flackerts, da lärmt des Königs Troß.

Die Knechte saßen in schimmernden Reihn,
Und leerten die Becher mit funkelndem Wein.

Es klirrten die Becher, es jauchzten die Knecht;
So klang es dem störrigen Könige recht.

Des Königs Wangen leuchten Glut;
Im Wein erwuchs ihm kecker Mut.

Und blindlings reißt der Mut ihn fort;
Und er lästert die Gottheit mit sündigem Wort.

Und er brüstet sich frech, und lästert wild;
Der Knechtenschar ihm Beifall brüllt.

Der König rief mit stolzem Blick;
Der Diener eilt und kehrt zurück.

Er trug viel gülden Gerät auf dem Haupt;
Das war aus dem Tempel Jehovahs geraubt.

Und der König ergriff mit frevler Hand
Einen heiligen Becher, gefüllt bis am Rand.

Und er leert ihn hastig bis auf den Grund,
Und rufet laut mit schäumendem Mund:

Jehovah! dir künd ich auf ewig Hohn –
Ich bin der König von Babylon!

Doch kaum das grause Wort verklang,
Dem König wards heimlich im Busen bang.

Und sieh! und sieh! an weißer Wand
Da kams hervor wie Menschenhand;

Und schrieb, und schrieb an weißer Wand
Buchstaben von Feuer, und schrieb und schwand.

Der König stieren Blicks da saß,
Mit schlotternden Knien und totenblaß.

Die Knechtenschar saß kalt durchgraut,
Und saß gar still, gab keinen Laut.

Die Magier kamen, doch keiner verstand
Zu deuten die Flammenschrift an der Wand.

Belsatzar ward aber in selbiger Nacht
Von seinen Knechten umgebracht.

Gespräch auf der Paderborner Heide

Hörst du nicht die fernen Töne,
Wie von Brummbaß und von Geigen?
Dorten tanzt wohl manche Schöne
Den geflügelt leichten Reigen.

»Ei, mein Freund, das nenn ich irren,
Von den Geigen hör ich keine,
Nur die Ferklein hör ich quirren,
Grunzen nur hör ich die Schweine.«

Hörst du nicht das Waldhorn blasen?
Jäger sich des Weidwerks freuen,
Fromme Lämmer seh ich grasen,
Schäfer spielen auf Schalmeien.

»Ei, mein Freund, was du vernommen,
Ist kein Waldhorn, noch Schalmeie;
Nur den Sauhirt seh ich kommen,
Heimwärts treibt er seine Säue.«

Hörst du nicht das ferne Singen,
Wie von süßen Wettgesängen?
Englein schlagen mit den Schwingen
Lauten Beifall solchen Klängen.

»Ei, was dort so hübsch geklungen,
Ist kein Wettgesang, mein Lieber!
Singend treiben Gänsejungen
Ihre Gänselein vorüber.«

Hörst du nicht die Glocken läuten,
Wunderlieblich, wunderhelle?
Fromme Kirchengänger schreiten
Andachtsvoll zur Dorfkapelle.

»Ei, mein Freund, das sind die Schellen
Von den Ochsen, von den Kühen,
Die nach ihren dunkeln Ställen
Mit gesenktem Kopfe ziehen.«

Siehst du nicht den Schleier wehen?
Siehst du nicht das leise Nicken?
Dort seh ich die Liebste stehen,
Feuchte Wehmut in den Blicken.

»Ei, mein Freund, dort seh ich nicken
Nur das Waldweib, nur die Lise;
Blaß und hager an den Krücken
Hinkt sie weiter nach der Wiese.«

Nun, mein Freund, so magst du lachen
Über des Phantasten Frage!
Wirst du auch zur Täuschung machen,
Was ich fest im Busen trage?

Das Lied von den Dukaten

Meine güldenen Dukaten,
Sagt, wo seid ihr hingeraten?

Seid ihr bei den güldnen Fischlein,
Die im Bache froh und munter
Tauchen auf und tauchen unter?

Seid ihr bei den güldnen Blümlein,
Die auf lieblich grüner Aue
Funkeln hell im Morgentaue?

Seid ihr bei den güldnen Vöglein,
Die da schweifen glanzumwoben
In den blauen Lüften oben?

Seid ihr bei den güldnen Sternlein,
Die im leuchtenden Gewimmel
Lächeln jede Nacht am Himmel?

Ach! ihr güldenen Dukaten,
Schwimmt nicht in des Baches Well,
Funkelt nicht auf grüner Au,
Schwebet nicht in Lüften blau,
Lächelt nicht am Himmel hell –
Meine Manichäer, traun!
Halten euch in ihren Klaun.

Das dritte Fresko-Sonett

Ich lache ob den abgeschmackten Laffen,
Die mich anglotzen mit den Bocksgesichtern;
Ich lache ob den Füchsen, die so nüchtern
Und hämisch mich beschnüffeln und begaffen.

Ich lache ob den hochgelahrten Affen,
Die sich aufblähn zu stolzen Geistesrichtern;
Ich lache ob den feigen Bösewichtern,
Die mich bedrohn mit giftgetränkten Waffen.

Denn wenn des Glückes hübsche Siebensachen
Uns von des Schicksals Händen sind zerbrochen,
Und so zu unsern Füßen hingeschmissen;

Und wenn das Herz im Leibe ist zerrissen,
Zerrissen, und zerschnitten, und zerstochen –
Dann bleibt uns doch das schöne gelle Lachen.

Blamier ...

Blamier mich nicht, mein schönes Kind,
Und grüß mich nicht unter den Linden;
Wenn wir nachher zu Hause sind,
Wird sich schon alles finden.

Aus: *Sieben Lieder*

Sie haben mich gequälet,
Geärgert blau und blaß.
Die Einen mit ihrer Liebe,
Die Andern mit ihrem Haß.

Sie haben das Brot mir vergiftet,
Sie gossen mir Gift ins Glas,
Die Einen mit ihrer Liebe,
Die Andern mit ihrem Haß.

Doch sie, die mich am meisten
Gequält, geärgert, betrübt,
Die hat mich nie gehasset,
Und hat mich nie geliebt.

Aus: *Herbstzyklus*

Ein Jüngling liebt ein Mädchen,
Die hat einen andern erwählt;
Der andre liebt eine andre,
Und hat sich mit dieser vermählt.

Das Mädchen heiratet aus Ärger
Den ersten besten Mann,
Der ihr in den Weg gelaufen;
Der Jüngling ist übel dran.

Es ist eine alte Geschichte,
Doch bleibt sie immer neu;
Und wem sie just passieret,
Dem bricht das Herz entzwei.

Mir träumte wieder der alte Traum:
Es war eine Nacht im Maie,
Wir saßen unter dem Lindenbaum,
Und schwuren uns ewige Treue.

Das war ein Schwören und Schwören aufs neu,
Ein Kichern, ein Kosen, ein Küssen;
Daß ich gedenk des Schwures sei,
Hast du in die Hand mich gebissen.

O Liebchen mit den Äuglein klar!
O Liebchen schön und bissig!
Das Schwören in der Ordnung war,
Das Beißen war überflüssig.

Ich steh auf des Berges Spitze,
Und werde sentimental.
»Wenn ich ein Vöglein wäre!«
Seufz ich viel tausendmal.

Wenn ich eine Schwalbe wäre,
So flög ich zu dir, mein Kind,
Und baute mir mein Nestchen,
Wo deine Fenster sind.

Wenn ich eine Nachtigall wäre,
So flög ich zu dir, mein Kind,
Und sänge dir Nachts meine Lieder
Herab von der grünen Lind.

Wenn ich ein Gimpel wäre,
So flög ich gleich an dein Herz;
Du bist ja hold den Gimpeln,
Und heilest Gimpelschmerz.

Allnächtlich im Traume seh ich dich,
Und sehe dich freundlich grüßen,
Und lautaufweinend stürz ich mich
Zu deinen süßen Füßen.

Du siehst mich an wehmütiglich,
Und schüttelst das blonde Köpfchen;
Aus deinen Augen schleichen sich
Die Perlentränentröpfchen.

Du sagst mir heimlich ein leises Wort,
Und gibst mir den Strauß von Zypressen.
Ich wache auf, und der Strauß ist fort,
Und das Wort hab ich vergessen.

Aus: *Tragödien, nebst einem lyrischen Intermezzo*

Wir haben viel für einander gefühlt,
Und dennoch uns gar vortrefflich vertragen.
Wir haben oft »Mann und Frau« gespielt,
Und dennoch uns nicht gerauft und geschlagen.
Wir haben zusammen gejauchzt und gescherzt,
Und zärtlich uns geküßt und geherzt.
Wir haben am Ende, aus kindischer Lust,
»Verstecken« gespielt in Wäldern und Gründen,
Und haben uns so zu verstecken gewußt,
Daß wir uns nimmermehr wiederfinden.

Mein süßes Lieb, wenn du im Grab,
Im dunkeln Grab wirst liegen,
Dann will ich steigen zu dir hinab,
Und will mich an dich schmiegen.

Ich küsse, umschlinge und presse dich wild,
Du Stille, du Kalte, du Bleiche!
Ich jauchze, ich zittre, ich weine mild,
Ich werde selber zur Leiche.

Die Toten stehn auf, die Mitternacht ruft,
Sie tanzen im luftigen Schwarme;
Wir beide bleiben in der Gruft,
Ich liege in deinem Arme.

Die Toten stehn auf, der Tag des Gerichts
Ruft sie zu Qual und Vergnügen;
Wir beide bekümmern uns um nichts,
Und bleiben umschlungen liegen.

Ein Fichtenbaum steht einsam
Im Norden auf kahler Höh.
Ihn schläfert; mit weißer Decke
Umhüllen ihn Eis und Schnee.

Er träumt von einer Palme,
Die, fern im Morgenland,
Einsam und schweigend trauert
Auf brennender Felsenwand.

Aus meinen großen Schmerzen
Mach ich die kleinen Lieder;
Die heben ihr klingend Gefieder
Und flattern nach ihrem Herzen.

Sie fanden den Weg zur Trauten,
Doch kommen sie wieder und klagen,
Und klagen, und wollen nicht sagen,
Was sie im Herzen schauten.

Philister im Sonntagsröcklein
Spazieren durch Wald und Flur;
Sie jauchzen, sie hüpfen wie Böcklein,
Begrüßen die schöne Natur.

Betrachten mit blinzelnden Augen,
Wie alles romantisch blüht;
Mit langen Ohren saugen
Sie ein der Spatzen Lied.

Ich aber verhänge die Fenster
Des Zimmers mit schwarzem Tuch;
Es machen mir meine Gespenster
Sogar einen Tagesbesuch.

Die alte Liebe erscheinet,
Sie stieg aus dem Totenreich,
Sie setzt sich zu mir und weinet,
Und macht das Herz mir weich.

Sie saßen und tranken am Teetisch,
Und sprachen von Liebe viel.
Die Herren die waren ästhetisch,
Die Damen von zartem Gefühl.

Die Liebe muß sein platonisch,
Der dürre Hofrat sprach.
Die Hofrätin lächelt ironisch,
Und dennoch seufzet sie: Ach!

Der Domherr öffnet den Mund weit:
Die Liebe sei nicht zu roh,
Sie schadet sonst der Gesundheit.
Das Fräulein lispelt: Wie so?

Die Gräfin spricht wehmütig:
Die Liebe ist eine Passion!
Und präsentieret gütig
Die Tasse dem Herren Baron.

Am Tische war noch ein Plätzchen;
Mein Liebchen, da hast du gefehlt.
Du hättest so hübsch, mein Schätzchen,
Von deiner Liebe erzählt.

Die Loreley

Ich weiß nicht was soll es bedeuten,
Daß ich so traurig bin;
Ein Märchen aus alten Zeiten,
Das kommt mir nicht aus dem Sinn.

Die Luft ist kühl und es dunkelt,
Und ruhig fließt der Rhein;
Der Gipfel des Berges funkelt
Im Abendsonnenschein.

Die schönste Jungfrau sitzet
Dort oben wunderbar;
Ihr goldnes Geschmeide blitzet,
Sie kämmt ihr goldenes Haar.

Sie kämmt es mit goldenem Kamme
Und singt ein Lied dabei;
Das hat eine wundersame,
Gewaltige Melodei.

Den Schiffer im kleinen Schiffe
Ergreift es mit wildem Weh;
Er schaut nicht der Felsenriffe,
Er schaut nur hinauf in die Höh.

Ich glaube, die Wellen verschlingen
Am Ende Schiffer und Kahn;
Und das hat mit ihrem Singen
Die Lore-Ley getan.

Aus: *Drei und dreißig Gedichte*

Sei mir gegrüßt, du große,
Geheimnisvolle Stadt,
Die einst in ihrem Schoße
Mein Liebchen umschlossen hat.

Sagt an, ihr Türme und Tore,
Wo ist die Liebste mein?
Euch hab ich sie anvertrauet,
Ihr solltet mir Bürge sein.

Unschuldig sind die Türme,
Sie konnten nicht von der Stell,
Als Liebchen mit Koffern und Schachteln
Die Stadt verlassen so schnell.

Die Tore jedoch, die ließen
Mein Liebchen entwischen gar still;
Ein Tor ist immer willig,
Wenn eine Törin will.

Still ist die Nacht, es ruhen die Gassen,
In diesem Hause wohnte mein Schatz;
Sie hat schon längst die Stadt verlassen,
Doch steht noch das Haus auf demselben Platz.

Da steht auch ein Mensch und starrt in die Höhe,
Und ringt die Hände, vor Schmerzensgewalt;
Mir graust es, wenn ich sein Antlitz sehe –
Der Mond zeigt mir meine eigne Gestalt.

Du Doppeltgänger! du bleicher Geselle!
Was äffst du nach mein Liebesleid,
Das mich gequält auf dieser Stelle,
So manche Nacht, in alter Zeit?

Mein Herz, mein Herz ist traurig,
Doch lustig leuchtet der Mai;
Ich stehe, gelehnt an der Linde,
Hoch auf der alten Bastei.

Da drunten fließt der blaue
Stadtgraben in stiller Ruh;
Ein Knabe fährt im Kahne,
Und angelt und pfeift dazu.

Jenseits erheben sich freundlich,
In winziger, bunter Gestalt,
Lusthäuser, und Gärten, und Menschen,
und Ochsen, und Wiesen, und Wald.

Die Mägde bleichen Wäsche,
Und springen im Gras herum:
Das Mühlrad stäubt Diamanten,
Ich höre sein fernes Gesumm.

Am alten grauen Turme
Ein Schilderhäuschen steht;
Ein rotgeröckter Bursche
Dort auf und nieder geht.

Er spielt mit seiner Flinte,
Die funkelt im Sonnenrot,
Er präsentiert und schultert –
Ich wollt, er schösse mich tot.

Als ich, auf der Reise, zufällig
Der Liebsten Familie fand,
Schwesterchen, Vater und Mutter,
Sie haben mich freudig erkannt.

Sie fragten nach meinem Befinden,
Und sagten selber sogleich:
Ich hätte mich gar nicht verändert,
Nur mein Gesicht sei bleich.

Ich fragte nach Muhmen und Basen,
Nach manchem langweilgen Geselln,
Und nach dem kleinen Hündchen
Mit seinem sanften Belln.

Auch nach der vermählten Geliebten
Fragte ich nebenbei;
Und freundlich gab man zur Antwort:
Daß sie in den Wochen sei.

Und freundlich gratuliert ich,
Und lispelte liebevoll:
Daß man sie von mir recht herzlich
Viel tausendmal grüßen soll.

Schwesterchen rief dazwischen:
Das Hündchen, sanft und klein,
Ist groß und toll geworden,
Und ward ertränkt, im Rhein.

Die Kleine gleicht der Geliebten,
Besonders wenn sie lacht;
Sie hat dieselben Augen,
Die mich so elend gemacht.

Wenn ich an deinem Hause
Des Morgens vorüber geh,
So freuts mich, du liebe Kleine,
Wenn ich dich am Fenster seh.

Mit deinen schwarzbraunen Augen
Siehst du mich forschend an:
Wer bist du, und was fehlt dir,
Du fremder, kranker Mann?

»Ich bin ein deutscher Dichter,
Bekannt im deutschen Land;
Nennt man die besten Namen,
So wird auch der meine genannt.

Und was mir fehlt, du Kleine,
Fehlt manchem im deutschen Land;
Nennt man die schlimmsten Schmerzen,
So wird auch der meine genannt.«

Ich wollte bei dir weilen
Und an deiner Seite ruhn;
Du mußtest von mir eilen;
Du hattest viel zu tun.

Ich sagte, daß meine Seele
Dir gänzlich ergeben sei;
Du lachtest aus voller Kehle,
Und machtest 'nen Knicks dabei.

Du hast noch mehr gesteigert
Mir meinen Liebesverdruß,
Und hast mir sogar verweigert
Am Ende den Abschiedskuß.

Glaub nicht, daß ich mich erschieße,
Wie schlimm auch die Sachen stehn!
Das alles, meine Süße,
Ist mir schon einmal geschehn.

Und bist du erst mein ehlich Weib,
Dann bist du zu beneiden,
Dann lebst du in lauter Zeitvertreib,
In lauter Pläsier und Freuden.

Und wenn du schiltst und wenn du tobst,
Ich werd es geduldig leiden;
Doch wenn du meine Verse nicht lobst,
Laß ich mich von dir scheiden.

Der bleiche, herbstliche Halbmond
Lugt aus den Wolken heraus;
Ganz einsam liegt auf dem Kirchhof
Das stille Pfarrerhaus.

Die Mutter liest in der Bibel,
Der Sohn, der starret ins Licht,
Schlaftrunken dehnt sich die ältre,
Die jüngere Tochter spricht:

Ach Gott, wie einem die Tage
Langweilig hier vergehn!
Nur wenn sie einen begraben,
Bekommen wir etwas zu sehn.

Die Mutter spricht zwischen dem Lesen
Du irrst, es starben nur Vier,
Seit man deinen Vater begraben
Dort an der Kirchhofstür.

Die ältre Tochter gähnet:
Ich will nicht verhungern bei Euch,
Ich gehe morgen zum Grafen,
Und der ist verliebt und reich.

Der Sohn bricht aus in Lachen:
Drei Jäger zechen im Stern,
Die machen Gold und lehren
Mir das Geheimnis gern.

Die Mutter wirft ihm die Bibel
Ins magre Gesicht hinein:
So willst du, Gottverfluchter,
Ein Straßenräuber sein!

Sie hören pochen ans Fenster,
Und sehn eine winkende Hand;
Der tote Vater steht draußen
Im schwarzen Predgergewand.

Gaben mir Rat und gute Lehren,
Überschütteten mich mit Ehren,
Sagten, daß ich nur warten sollt,
Haben mich protegieren gewollt.

Aber bei all ihrem Protegieren,
Hätte ich können vor Hunger krepieren,
Wär nicht gekommen ein braver Mann,
Wacker nahm er sich meiner an.

Braver Mann! Er schafft mir zu essen!
Will es ihm nie und nimmer vergessen!
Schade, daß ich ihn nicht küssen kann!
Denn ich bin selbst dieser brave Mann.

Ich wollte, meine Lieder
Das wären Blümelein:
Ich schickte sie zu riechen
Der Herzallerliebsten mein.

Ich wollte, meine Lieder
Das wären Küsse fein:
Ich schickt sie heimlich alle
Nach Liebchens Wängelein.

Ich wollte, meine Lieder
Das wären Erbsen klein:
Ich kocht eine Erbsensuppe,
Die sollte köstlich sein.

Aus: *Kleine Gedichte*

»Teurer Freund! Was soll es nützen,
Stets das alte Lied zu leiern?
Willst du ewig brütend sitzen
Auf den alten Liebes-Eiern?

Ach! das ist ein ewig Gattern,
Aus den Schalen kriechen Küchlein,
Und sie piepsen und sie flattern,
Und du sperrst sie in ein Büchlein.«

Donna Clara
Aus einem spanischen Romane

In dem abendlichen Garten
Wandelt des Alkaden Tochter;
Pauken- und Trommetenjubel
Klingt herunter von dem Schlosse.

»Lästig werden mir die Tänze
Und die süßen Schmeichelworte,
Und die Ritter, die so zierlich
Mich vergleichen mit der Sonne.

Überlästig wird mir alles,
Seit ich sah, beim Strahl des Mondes,
Jenen Ritter, dessen Laute
Nächtens mich ans Fenster lockte.

Wie er stand so schlank und mutig,
Und die Augen leuchtend schossen
Aus dem edelblassen Antlitz,
Glich er wahrlich Sankt Georgen.«

Also dachte Donna Clara,
Und sie schaute auf den Boden;
Wie sie aufblickt, steht der schöne,
Unbekannte Ritter vor ihr.

Händedrückend, liebeflüsternd
Wandeln sie umher im Mondschein,
Und der Zephir schmeichelt freundlich,
Märchenartig grüßen Rosen.

Märchenartig grüßen Rosen,
Und sie glühn wie Liebesboten. –
Aber sage mir, Geliebte,
Warum du so plötzlich rot wirst?

»Mücken stachen mich, Geliebter,
Und die Mücken sind, im Sommer,
Mir so tief verhaßt, als wärens
Langenasge Judenrotten.«

Laß die Mücken und die Juden,
Spricht der Ritter, freundlich kosend.
Von den Mandelbäumen fallen
Tausend weiße Blütenflocken.

Tausend weiße Blütenflocken
Haben ihren Duft ergossen. –
Aber sage mir, Geliebte,
Ist dein Herz mir ganz gewogen?

»Ja, ich liebe dich, Geliebter,
Bei dem Heiland seis geschworen,
Den die gottverfluchten Juden
Boshaft tückisch einst ermordet.«

Laß den Heiland und die Juden,
Spricht der Ritter, freundlich kosend.
In der Ferne schwanken traumhaft
Weiße Liljen, lichtumflossen.

Weiße Liljen, lichtumflossen,
Blicken nach den Sternen droben. –
Aber sage mir, Geliebte,
Hast du auch nicht falsch geschworen?

»Falsch ist nicht in mir, Geliebter,
Wie in meiner Brust kein Tropfen
Blut ist von dem Blut der Mohren
Und des schmutzgen Judenvolkes.«

Laß die Mohren und die Juden,
Spricht der Ritter, freundlich kosend;
Und nach einer Myrtenlaube
Führt er die Alkadentochter.

Mit den weichen Liebesnetzen
Hat er heimlich sie umflochten;
Kurze Worte, lange Küsse,
Und die Herzen überflossen.

Wie ein schmelzend süßes Brautlied
Singt die Nachtigall, die holde;
Wie zum Fackeltanze hüpfen
Feuerwürmchen auf dem Boden.

In der Laube wird es stiller,
Und man hört nur, wie verstohlen,
Das Geflüster kluger Myrten
Und der Blumen Atemholen.

Aber Pauken und Trommeten
Schallen plötzlich aus dem Schlosse,
Und erwachend hat sich Clara
Aus des Ritters Arm gezogen.

»Horch! da ruft es mich, Geliebter;
Doch, bevor wir scheiden, sollst du
Nennen deinen lieben Namen,
Den du mir so lang verborgen.«

Und der Ritter, heiter lächelnd,
Küßt die Finger seiner Donna,
Küßt die Lippen und die Stirne,
Und er spricht zuletzt die Worte:

Ich, Sennora, Eur Geliebter,
Bin der Sohn des vielbelobten,
Großen, schriftgelehrten Rabbi
Israel von Saragossa.

Altes Lied

Du bist gestorben und weißt es nicht,
Erloschen ist dein Augenlicht,
Erblichen ist dein rotes Mündchen,
Und du bist tot, mein totes Kindchen.

In einer schaurigen Sommernacht
Hab ich dich selber zu Grabe gebracht;
Klaglieder die Nachtigallen sangen,
Die Sterne sind mit zur Leiche gegangen.

Der Zug, der zog den Wald vorbei,
Dort widerhallt die Litanei;
Die Tannen, in Trauermänteln vermummet,
Sie haben Totengebete gebrummet.

Am Weidensee vorüber gings,
Die Elfen tanzten inmitten des Rings;
Sie blieben plötzlich stehn und schienen
Uns anzuschaun mit Beileidsmienen.

Und als wir kamen zu deinem Grab,
Da stieg der Mond vom Himmel herab.
Er hielt eine Rede. Ein Schluchzen und Stöhnen,
Und in der Ferne die Glocken tönen.

An meine Schwester Charlotte

Mein Kind, wir waren Kinder,
Zwei Kinder, klein und froh;
Wir krochen ins Hühnerhäuschen,
Versteckten uns unter das Stroh.

Wir krähten wie die Hähne,
Und kamen Leute vorbei –
Kikereküh! sie glaubten,
Es wäre Hahnengeschrei.

Die Kisten auf unserem Hofe
Die tapezierten wir aus,
Und wohnten drin beisammen,
Und machten ein vornehmes Haus.

Des Nachbars alte Katze
Kam öfters zum Besuch;
Wir machten ihr Bückling und Knickse
Und Komplimente genug.

Wir haben nach ihrem Befinden
Besorglich und freundlich gefragt;
Wir haben seitdem dasselbe
Mancher alten Katze gesagt.

Wir saßen auch oft und sprachen
Vernünftig, wie alte Leut,
Und klagten, wie alles besser
Gewesen zu unserer Zeit;

Wie Lieb und Treu und Glauben
Verschwunden aus der Welt,
Und wie so teuer der Kaffee,
Und wie so rar das Geld! – – –

Vorbei sind die Kinderspiele,
Und Alles rollt vorbei –
Das Geld und die Welt und die Zeiten,
Und Glauben und Lieb und Treu.

Dämmernd liegt der Sommerabend

Dämmernd liegt der Sommerabend
Über Wald und grünen Wiesen;
Goldner Mond, im blauen Himmel,
Strahlt herunter, duftig labend.

An dem Bache zirpt die Grille,
Und es regt sich in dem Wasser,
Und der Wandrer hört ein Plätschern
Und ein Atmen in der Stille.

Dorten an dem Bach alleine,
Badet sich die schöne Elfe;
Arm und Nacken, weiß und lieblich,
Schimmern in dem Mondenscheine.

Berlin

Berlin! Berlin! du großes Jammertal,
Bei dir ist nichts zu finden als lauter Angst und Qual.
Der Offizier ist hitzig, der Zorn und der ist groß:
Miserabel ist das Leben, das man erfahren muß.

Und wenns dann Sommer ist,
So ist eine große Hitz;
So müssen wir exerzieren,
Daß uns der Buckel schwitzt.

Komm ich auf Wachtparad
Und tu ein falschen Schritt,
So ruft der Adjutant:
»Der Kerl dort aus dem Glied!

Die Tasche herunter,
Den Säbel abgelegt,
Und tapfer drauf geschlagen,
Daß er sich nicht mehr regt!«

Und wenns dann Friede ist,
Die Kräfte sind dahin;
Die Gesundheit ist verloren,
Wo sollen wir denn nun hin?

Alsdann so wird es heißen:
Ein Vogel und kein Nest.
Nun, Bruder, häng den Schnappsack an,
Du bist Soldat gewest.

Leise zieht durch mein Gemüt

Leise zieht durch mein Gemüt
Liebliches Geläute.
Klinge, kleines Frühlingslied,
Kling hinaus ins Weite.

Kling hinaus, bis an das Haus,
Wo die Blumen sprießen,
Wenn du eine Rose schaust,
Sag, ich laß sie grüßen.

Aus: *Neuer Frühling*

Die schlanke Wasserlilje
Schaut träumend empor aus dem See;
Da grüßt der Mond herunter
Mit lichtem Liebesweh.

Verschämt senkt sie das Köpfchen
Wieder hinab zu den Welln –
Da sieht sie zu ihren Füßen
Den armen blassen Geselln.

Wie die Nelken duftig atmen!
Wie die Sterne, ein Gewimmel
Goldner Bienen, ängstlich schimmern
An dem veilchenblauen Himmel!

Aus dem Dunkel der Kastanien
Glänzt das Landhaus, weiß und lüstern,
Und ich hör die Glastür klirren
Und die liebe Stimme flüstern.

Holdes Zittern, süßes Beben,
Furchtsam zärtliches Umschlingen –
Und die jungen Rosen lauschen,
Und die Nachtigallen singen.

Hab ich nicht dieselben Träume
Schon geträumt von diesem Glücke?
Warens nicht dieselben Bäume,
Blumen, Küsse, Liebesblicke?

Schien der Mond nicht durch die Blätter
Unsrer Laube hier am Bache?
Hielten nicht die Marmorgötter
Vor dem Eingang stille Wache?

Ach! ich weiß, wie sich verändern
Diese allzuholden Träume,
Wie mit kalten Schneegewändern
Sich umhüllen Herz und Bäume;

Wie wir selber dann erkühlen
Und uns fliehen und vergessen,
Wir, die jetzt so zärtlich fühlen,
Herz an Herz so zärtlich pressen.

Seraphine

Wie schändlich du gehandelt,
Ich hab es den Menschen verhehlet,
Und bin hinausgefahren aufs Meer,
Und hab es den Fischen erzählet.

Ich laß dir den guten Namen
Nur auf dem festen Lande;
Aber im ganzen Ozean
Weiß man von deiner Schande.

Clarisse

Meinen schönsten Liebesantrag
Suchst du ängstlich zu verneinen;
Frag ich dann: ob das ein Korb sei?
Fängst du plötzlich an zu weinen.

Selten bet ich, drum erhör mich,
Lieber Gott! Hilf dieser Dirne,
Trockne ihre süßen Tränen
Und erleuchte ihr Gehirne.

Hortense

Wir standen an der Straßeneck
Wohl über eine Stunde;
Wir sprachen voller Zärtlichkeit
Von unsrem Seelenbunde.

Wir sagten uns viel hundertmal,
Daß wir einander lieben;
Wir standen an der Straßeneck,
Und sind da stehn geblieben.

Die Göttin der Gelegenheit,
Wie 'n Zöfchen, flink und heiter,
Kam sie vorbei und sah uns stehn,
Und lachend ging sie weiter.

Das Fräulein stand am Meere
Und seufzte lang und bang,
Es rührte sie so sehre
Der Sonnenuntergang.

Mein Fräulein! sein Sie munter,
Das ist ein altes Stück;
Hier vorne geht sie unter
Und kehrt von hinten zurück.

Diane

Diese schönen Gliedermassen
Kolossaler Weiblichkeit
Sind jetzt, ohne Widerstreit,
Meinen Wünschen überlassen.

Wär ich, leidenschaftentzügelt,
Eigenkräftig ihr genaht,
Ich bereute solche Tat!
Ja, sie hätte mich geprügelt.

Welcher Busen, Hals und Kehle!
(Höher seh ich nicht genau.)
Eh ich ihr mich anvertrau,
Gott empfehl ich meine Seele.

Epilog

Ehmals glaubt ich, alle Küsse,
Die ein Weib uns gibt und nimmt,
Seien uns, durch Schicksalsschlüsse,
Schon urzeitlich vorbestimmt.

Küsse nahm ich und ich küßte
So mit Ernst in jener Zeit,
Als ob ich erfüllen müßte
Taten der Notwendigkeit.

Jetzo weiß ich, überflüssig,
Wie so manches, ist der Kuß,
Und mit leichtern Sinnen küß ich,
Glaubenlos im Überfluß.

Aus: *Träumereien*

Ich hatte einst ein schönes Vaterland.
Der Eichenbaum
Wuchs dort so hoch, die Veilchen nickten sanft.
Es war ein Traum.

Das küßte mich auf deutsch, und sprach auf deutsch
(Man glaubt es kaum
Wie gut es klang) das Wort: »ich liebe dich!«
Es war ein Traum.

Der Schöpfer

Im Beginn schuf Gott die Sonne,
Dann die nächtlichen Gestirne;
Hierauf schuf er auch die Ochsen,
Aus dem Schweiße seiner Stirne.

Später schuf er wilde Bestien,
Löwen mit den grimmen Tatzen;
Nach des Löwen Ebenbilde
Schuf er hübsche kleine Katzen.

Zur Bevölkerung der Wildnis
Ward hernach der Mensch erschaffen;
Nach des Menschen holdem Bildnis
Schuf er intressante Affen.

Satan sah dem zu und lachte:
Ei, der Herr kopiert sich selber!
Nach dem Bilde seiner Ochsen
Macht er noch am Ende Kälber!

Das Hohelied

Des Weibes Leib ist ein Gedicht,
Das Gott der Herr geschrieben
Ins große Stammbuch der Natur,
Als ihn der Geist getrieben.

Ja, günstig war die Stunde ihm,
Der Gott war hochbegeistert;
Er hat den spröden, rebellischen Stoff
Ganz künstlerisch bemeistert.

Fürwahr, der Leib des Weibes ist
Das Hohelied der Lieder;
Gar wunderbare Strophen sind
Die schlanken, weißen Glieder.

O welche göttliche Idee
Ist dieser Hals, der blanke,
Worauf sich wiegt der kleine Kopf,
Der lockige Hauptgedanke!

Der Brüstchen Rosenknospen sind
Epigrammatisch gefeilet;
Unsäglich entzückend ist die Zäsur,
Die streng den Busen teilet.

Den plastischen Schöpfer offenbart
Der Hüften Parallele;
Der Zwischensatz mit dem Feigenblatt
Ist auch eine schöne Stelle.

Das ist kein abstraktes Begriffspoem!
Das Lied hat Fleisch und Rippen,
Hat Hand und Fuß; es lacht und küßt
Mit schöngereimten Lippen.

Hier atmet wahre Poesie!
Anmut in jeder Wendung!
Und auf der Stirne trägt das Lied
Den Stempel der Vollendung.

Lobsingen will ich dir, o Herr,
Und dich im Staub anbeten!
Wir sind nur Stümper gegen dich,
Den himmlischen Poeten.

Versenken will ich mich, o Herr,
In deines Liedes Prächten;
Ich widme seinem Studium
Den Tag mitsamt den Nächten.

Ja, Tag und Nacht studier ich dran,
Will keine Zeit verlieren;
Die Beine werden mir so dünn –
Das kommt vom vielen Studieren.

Ein Weib

Sie hatten sich beide so herzlich lieb,
Spitzbübin war sie, er war ein Dieb.
Wenn er Schelmenstreiche machte,
Sie warf sich aufs Bett und lachte.

Der Tag verging in Freud und Lust,
Des Nachts lag sie an seiner Brust.
Als man ins Gefängnis ihn brachte,
Sie stand am Fenster und lachte.

Er ließ ihr sagen: O komm zu mir,
Ich sehne mich so sehr nach dir,
Ich rufe nach dir, ich schmachte –
Sie schüttelt' das Haupt und lachte.

Um sechse des Morgens ward er gehenkt,
Um sieben ward er ins Grab gesenkt;
Sie aber schon um achte
Trank roten Wein und lachte.

Testament

Ich mache jetzt mein Testament,
Es geht nun bald mit mir zu End.
Nur wundre ich mich, daß nicht schon längstens
Mein Herz gebrochen vor Gram und Ängsten.

Du aller Frauen Huld und Zier,
Luise! ich vermache dir
Zwölf alte Hemde und hundert Flöhe,
Und dreimalhundert tausend Flüche.

Dem guten Freund, der mit gutem Rat
Mir immer riet und nie was tat,
Jetzt, als Vermächtnis, rat ich ihm selber:
Nimm eine Kuh und zeuge Kälber.

Wem geb ich meine Religion,
Den Glauben an Vater, Geist und Sohn?
Der Kaiser von China, der Rabbi von Posen,
Sie sollen beide darum losen.

Den deutschen Freiheits- und Gleichheitstraum,
Die Seifenblasen vom besten Schaum,
Vermach ich dem Zensor der Stadt Krähwinkel;
Nahrhafter freilich ist Pumpernickel.

Die Taten, die ich noch nicht getan,
Den ganzen Vaterlandsrettungsplan,
Nebst einem Rezept gegen Katzenjammer,
Vermach ich den Helden der badischen Kammer.

Und eine Schlafmütz, weiß wie Kreid,
Vermach ich dem Vetter, der zur Zeit
Für die Heidschnuckenrechte so kühn geredet;
Jetzt schweigt er wie ein echter Römer.

Und ich vermache dem Sittenwart
Und Glaubensvogt zu Stuttegard
Ein Paar Pistolen (doch nicht geladen),
Kann seiner Frau damit Furcht einjagen.

Ein treues Abbild von meinem Steiß
Vermach ich der schwäbischen Schule; ich weiß,
Ihr wolltet mein Gesicht nicht haben,
Nun könnt ihr am Gegenteil euch laben.

Zwölf Krüge Seidlitzer Wasser vermach
Ich dem edlen Dichtergemüt, das ach!
Seit Jahren leidet an Sangesverstopfung;
Ihr tröstete Liebe, Glaube und Hoffnung.

Und dieses ist ein Kodizill:
Für den Fall, daß keiner annehmen will
Die erwähnten Legate, so sollen sie alle
Der römisch-katholischen Kirche verfallen.

Ritter Olaf

1

Vor dem Dome stehn zwei Männer,
Tragen beide rote Röcke,
Und der Eine ist der König
Und der Henker ist der Andre.

Und zum Henker spricht der König:
»Am Gesang der Pfaffen merk ich,
Daß vollendet schon die Trauung –
Halt bereit dein gutes Richtbeil.«

Glockenklang und Orgelrauschen,
Und das Volk strömt aus der Kirche;
Bunter Festzug, in der Mitte
Die geschmückten Neuvermählten.

Leichenblaß und bang und traurig
Schaut die schöne Königstochter;
Keck und heiter schaut Herr Olaf;
Und sein roter Mund, der lächelt.

Und mit lächelnd rotem Munde
Spricht er zu dem finstern König:
»Guten Morgen, Schwiegervater,
Heut ist Dir mein Haupt verfallen.

Sterben soll ich heut – O, laß mich
Nur bis Mitternacht noch leben,
Daß ich meine Hochzeit feire
Mit Bankett und Fackeltänzen.

Laß mich leben, laß mich leben,
Bis geleert der letzte Becher,
Bis der letzte Tanz getanzt ist –
Laß bis Mitternacht mich leben!«

Und zum Henker spricht der König:
»Unserm Eidam sei gefristet
Bis um Mitternacht sein Leben –
Halt bereit dein gutes Richtbeil.«

2

Herr Olaf sitzt beim Hochzeitschmaus,
Er trinkt den letzten Becher aus.
An seine Schulter lehnt
Sein Weib und stöhnt –
Der Henker steht vor der Türe.

Der Reigen beginnt, und Herr Olaf erfaßt
Sein junges Weib, und mit wilder Hast
Sie tanzen, bei Fackelglanz,
Den letzten Tanz –
Der Henker steht vor der Türe.

Die Geigen geben so lustigen Klang,
Die Flöten seufzen so traurig und bang!
Wer die beiden tanzen sieht,
Dem erbebt das Gemüt –
Der Henker steht vor der Türe.

Und wie sie tanzen, im dröhnenden Saal,
Herr Olaf flüstert zu seinem Gemahl:
»Du weißt nicht, wie lieb ich dich hab –
So kalt ist das Grab –«
Der Henker steht vor der Türe.

3

Herr Olaf, es ist Mitternacht,
Dein Leben ist verflossen!
Du hattest eines Fürstenkinds
In freier Lust genossen.

Die Mönche murmeln das Totengebet,
Der Mann im roten Rocke
Er steht mit seinem blanken Beil
Schon vor dem schwarzen Blocke.

Herr Olaf steigt in den Hof hinab,
Da blinken viel Schwerter und Lichter.
Es lächelt des Ritters roter Mund,
Mit lächelndem Munde spricht er:

»Ich segne die Sonne, ich segne den Mond,
Und die Stern, die am Himmel schweifen.
Ich segne auch die Vögelein,
Die in den Lüften pfeifen.

Ich segne das Meer, ich segne das Land,
Und die Blumen auf der Aue.
Ich segne die Veilchen, sie sind so sanft
Wie die Augen meiner Fraue.

Ihr Veilchenaugen meiner Frau,
Durch Euch verlier ich mein Leben!
Ich segne auch den Holunderbaum,
Wo du dich mir ergeben.«

Sehnsucht nach der Fremde

Daß ich bequem verbluten kann,
Gebt mir ein edles, weites Feld!
O, laßt mich nicht ersticken hier
In dieser engen Krämerwelt!

Sie essen gut, sie trinken gut,
Erfreun sich ihres Maulwurfglücks,
Und ihre Großmut ist so groß
Als wie das Loch der Armenbüchs.

Zigarren tragen sie im Maul
Und in der Hosentasch die Händ;
Auch die Verdauungskraft ist gut, –
Wer sie nur selbst verdauen könnt!

Sie handeln mit den Spezerein
Der ganzen Welt, doch in der Luft,
Trotz allen Würzen, riecht man stets
Den faulen Schellfischseelenduft.

O, daß ich große Laster säh,
Verbrechen, blutig, kolossal, –
Nur diese satte Tugend nicht,
Und zahlungsfähige Moral!

Ihr Wolken droben, nehmt mich mit,
Gleichviel nach welchem fernen Ort!
Nach Lappland oder Afrika,
Und seis nach Pommern – fort! nur fort!

O, nehmt mich mit – Sie hören nicht –
Die Wolken droben sind so klug!
Vorüberreisend dieser Stadt,
Ängstlich beschleungen sie den Flug.

Ali Bey

Ali Bey, der Held des Glaubens,
Liegt beglückt in Mädchenarmen.
Vorgeschmack des Paradieses
Gönnt ihm Allah schon auf Erden.

Odalisken, schön wie Huris,
Und geschmeidig wie Gasellen –
Kräuselt ihm den Bart die Eine,
Glättet seine Stirn die Andre.

Und die Dritte schlägt die Laute,
Singt und tanzt, und küßt ihn lachend
Auf das Herz, worin die Flammen
Aller Seligkeiten lodern.

Aber draußen plötzlich schmettern
Die Trompeten, Schwerter rasseln,
Waffenruf und Flintenschüsse –
Herr, die Franken sind im Anmarsch!

Und der Held besteigt sein Schlachtroß,
Fliegt zum Kampf, doch wie im Traume; –
Denn ihm ist zu Sinn, als läg er
Immer noch in Mädchenarmen.

Während er die Frankenköpfe
Dutzendweis heruntersäbelt,
Lächelt er wie ein Verliebter,
Ja, er lächelt sanft und zärtlich.

Deutschland

Deutschland ist noch ein kleines Kind,
Doch die Sonne ist seine Amme;
Sie säugt es nicht mit stiller Milch,
Sie säugt es mit wilder Flamme.

Bei solcher Nahrung wächst man schnell
Und kocht das Blut in den Adern.
Ihr Nachbarskinder, hütet euch
Mit dem jungen Burschen zu hadern!

Es ist ein täppisches Rieselein,
Reißt aus dem Boden die Eiche,
Und schlägt euch damit den Rücken wund
Und die Köpfe windelweiche.

Dem Siegfried gleicht er, dem edlen Fant,
Von dem wir singen und sagen;
Der hat, nachdem er geschmiedet sein Schwert,
Den Amboß entzwei geschlagen!

Ja, du wirst einst wie Siegfried sein,
Und töten den häßlichen Drachen,
Heisa! wie freudig vom Himmel herab
Wird deine Frau Amme lachen!

Du wirst ihn töten, und seinen Hort,
Die Reichskleinodien, besitzen.
Heisa! wie wird auf deinem Haupt
Die goldne Krone blitzen!

Die Wasserleute

Wohl unter der Linde erklingt die Musik,
Da tanzen die Burschen und Mädel,
Da tanzen zwei, die niemand kennt,
Sie schaun so schlank und edel.

Sie schweben auf, sie schweben ab,
In seltsam fremder Weise,
Sie lachen sich an, sie schütteln das Haupt,
Das Fräulein flüstert leise:

»Mein schöner Junker, auf Eurem Hut
Schwankt eine Neckenlilje,
Die wächst nur tief in Meeresgrund –
Ihr stammt nicht aus Adams Familie.

Ihr seid der Wassermann, Ihr wollt
Verlocken des Dorfes Schönen.
Ich hab Euch erkannt, beim ersten Blick,
An Euren fischgrätigen Zähnen.«

Sie schweben auf, sie schweben ab,
In seltsam fremder Weise,
Sie lachen sich an, sie schütteln das Haupt,
Der Junker flüstert leise:

»Mein schönes Fräulein, sagt mir, warum
So eiskalt Eure Hand ist?
Sagt mir, warum so naß der Saum
An Eurem weißen Gewand ist?

Ich hab Euch erkannt, beim ersten Blick,
An Eurem spöttischen Knixe –
Du bist kein irdisches Menschenkind,
Du bist mein Mühmchen, die Nixe.«

Die Geigen verstummen, der Tanz ist aus,
Es trennen sich höflich die beiden.
Sie kennen sich leider viel zu gut,
Suchen sich jetzt zu vermeiden.

Die Tendenz

Deutscher Sänger! Sing und preise
Deutsche Freiheit, daß dein Lied
Unsrer Seelen sich bemeistre
Und zu Taten uns begeistre,
In Marseillerhymnenweise.

Girre nicht mehr wie ein Werther,
Welcher nur für Lotten glüht –
Was die Glocke hat geschlagen,
Sollst du deinem Volke sagen,
Rede Dolche, rede Schwerter!

Sei nicht mehr die weiche Flöte,
Das idyllische Gemüt –
Sei des Vaterlands Posaune,
Sei Kanone, sei Kartaune,
Blase, schmettre, donnre, töte!

Blase, schmettre, donnre täglich,
Bis der letzte Dränger flieht –
Singe nur in dieser Richtung,
Aber halte deine Dichtung
Nur so allgemein als möglich.

Lebensfahrt

Ein Lachen und Singen! Es blitzen und gaukeln
Die Sonnenlichter. Die Wellen schaukeln
Den lustigen Kahn. Ich saß darin
Mit lieben Freunden und leichtem Sinn.

Der Kahn zerbrach in eitel Trümmer,
Die Freunde waren schlechte Schwimmer,
Sie gingen unter, im Vaterland;
Mich warf der Sturm an den Seinestrand.

Ich hab ein neues Schiff bestiegen,
Mit neuen Genossen; es wogen und wiegen
Die fremden Fluten mich hin und her –
Wie fern die Heimat! mein Herz wie schwer!

Und das ist wieder ein Singen und Lachen –
Es pfeift der Wind, die Planken krachen –
Am Himmel erlischt der letzte Stern –
Wie schwer mein Herz! die Heimat wie fern!

Nachtgedanken

Denk ich an Deutschland in der Nacht,
Dann bin ich um den Schlaf gebracht,
Ich kann nicht mehr die Augen schließen,
Und meine heißen Tränen fließen.

Die Jahre kommen und vergehn!
Seit ich die Mutter nicht gesehn,
Zwölf Jahre sind schon hingegangen;
Es wächst mein Sehnen und Verlangen.

Mein Sehnen und Verlangen wächst.
Die alte Frau hat mich behext,
Ich denke immer an die alte,
Die alte Frau, die Gott erhalte!

Die alte Frau hat mich so lieb,
Und in den Briefen, die sie schrieb,
Seh ich, wie ihre Hand gezittert,
Wie tief das Mutterherz erschüttert.

Die Mutter liegt mir stets im Sinn.
Zwölf lange Jahre flossen hin,
Zwölf lange Jahre sind verflossen,
Seit ich sie nicht ans Herz geschlossen.

Deutschland hat ewigen Bestand,
Es ist ein kerngesundes Land,
Mit seinen Eichen, seinen Linden,
Werd ich es immer wiederfinden.

Nach Deutschland lechzt ich nicht so sehr,
Wenn nicht die Mutter dorten wär;
Das Vaterland wird nie verderben,
Jedoch die alte Frau kann sterben.

Seit ich das Land verlassen hab,
So viele sanken dort ins Grab,
Die ich geliebt – wenn ich sie zähle,
So will verbluten meine Seele.

Und zählen muß ich – Mit der Zahl
Schwillt immer höher meine Qual,
Mir ist, als wälzten sich die Leichen,
Auf meine Brust – Gottlob! sie weichen!

Gottlob! durch meine Fenster bricht
Französisch heitres Tageslicht;
Es kommt mein Weib, schön wie der Morgen,
Und lächelt fort die deutschen Sorgen.

Entartung

Hat die Natur sich auch verschlechtert,
Und nimmt die Menschenfehler an?
Mich dünkt, die Pflanzen und die Tiere,
Sie lügen jetzt wie jedermann.

Ich glaub nicht an der Lilje Keuschheit.
Es buhlt mit ihr der bunte Geck,
Der Schmetterling; der küßt und flattert
Am End mit ihrer Unschuld weg.

Von der Bescheidenheit der Veilchen
Halt ich nicht viel. Die kleine Blum,
Mit den koketten Düften lockt sie,
Und heimlich dürstet sie nach Ruhm.

Ich zweifle auch, ob sie empfindet,
Die Nachtigall, das was sie singt;
Sie übertreibt und schluchzt und trillert
Nur aus Routine, wie mich dünkt.

Die Wahrheit schwindet von der Erde,
Auch mit der Treu ist es vorbei.
Die Hunde wedeln noch und stinken
Wie sonst, doch sind sie nicht mehr treu.

Aus: *Lobgesänge auf König Ludwig*

Das ist Herr Ludwig von Bayerland,
Desgleichen gibt es wenig';
Das Volk der Bavaren verehrt in ihm
Den angestammelten König.

Er liebt die Kunst, und die schönsten Fraun
Die läßt er porträtieren;
Er geht in diesem gemalten Serail
Als Kunst-Eunuch spazieren.

Bei Regensburg läßt er erbaun
Eine marmorne Schädelstätte,
Und er hat höchstselbst für jeden Kopf
Verfertigt die Etikette.

»Walhallagenossen«, ein Meisterwerk,
Worin er jedweden Mannes
Verdienste, Charakter und Taten gerühmt,
Von Teut bis Schinderhannes.

Nur Luther, der Dickkopf, fehlt in Walhall,
Und es feiert ihn nicht der Walhall-Wisch;
In Naturaliensammlungen fehlt
Oft unter den Fischen der Walfisch.

Herr Ludwig ist ein großer Poet,
Und singt er, so stürzt Apollo
Vor ihm auf die Kniee und bittet und fleht:
Halt ein, ich werde sonst toll, o!

Herr Ludwig ist ein mutiger Held,
Wie Otto, das Kind, sein Söhnchen;
Der kriegte den Durchfall zu Athen,
Und hat dort besudelt sein Thrönchen.

Stirbt einst Herr Ludwig, so kanonisiert
Zu Rom ihn der heilige Vater –
Die Glorie paßt für ein solches Gesicht,
Wie Manschetten für unseren Kater!

Sobald auch die Affen und Känguruhs
Zum Christentum sich bekehren,
Sie werden gewiß Sankt Ludewig
Als Schutzpatron verehren.

Die armen Weber

Im düstern Auge keine Träne,
Sie sitzen am Webstuhl und fletschen die Zähne:
»Altdeutschland, wir weben dein Leichentuch,
Wir weben hinein den dreifachen Fluch!
  Wir weben! Wir weben!

»Ein Fluch *dem* Gotte, dem blinden, dem tauben,
Zu dem wir gebeten mit kindlichem Glauben;
Wir haben vergebens gehofft und geharrt,
Er hat uns geäfft und gefoppt und genarrt.
  Wir weben! Wir weben!

»Ein Fluch dem König, dem König der Reichen,
Den unser Elend nicht konnte erweichen,
Der uns den letzten Groschen erpreßt,
Und uns wie Hunde erschießen läßt!
  Wir weben! Wir weben!

»Ein Fluch dem falschen Vaterlande,
Wo nur gedeihen Lüg und Schande,
Wo nur Verwesung und Totengeruch –
Altdeutschland, wir weben dein Leichentuch!
  Wir weben! Wir weben!

Doktrin

Schlage die Trommel und fürchte dich nicht,
Und küsse die Marketenderin!
Das ist die ganze Wissenschaft,
Das ist der Bücher tiefster Sinn.

Trommle die Leute aus dem Schlaf,
Trommle Reveille mit Jugendkraft,
Marschiere trommelnd immer voran,
Das ist die ganze Wissenschaft.

Das ist die Hegelsche Philosophie,
Das ist der Bücher tiefster Sinn!
Ich hab sie begriffen, weil ich gescheit,
Und weil ich ein guter Tambour bin.

Der Asra

Täglich ging die wunderschöne
Sultanstochter auf und nieder
Um die Abendzeit am Springbrunn,
Wo die weißen Wasser plätschern.

Täglich stand der junge Sklave
Um die Abendzeit am Springbrunn,
Wo die weißen Wasser plätschern;
Täglich ward er bleich und bleicher.

Eines Abends trat die Fürstin
Auf ihn zu mit raschen Worten:
Deinen Namen will ich wissen,
Deine Heimat, deine Sippschaft!

Und der Sklave sprach: Ich heiße
Mohamet, ich bin aus Yemmen,
Und mein Stamm sind jene Asra,
Welche sterben wenn sie lieben.

Kleines Volk

In einem Pißpott kam er geschwommen,
Hochzeitlich geputzt, hinab den Rhein.
Und als er nach Rotterdam gekommen,
Da sprach er: »Juffräuken, willst du mich frein?

Ich führe dich, geliebte Schöne,
Nach meinem Schloß, ins Brautgemach;
Die Wände sind eitel Hobelspäne,
Aus Häckerling besteht das Dach.

Da ist es so puppenniedlich und nette,
Da lebst du wie eine Königin!
Die Schale der Walnuß ist unser Bette,
Von Spinnweb sind die Laken drin.

Ameiseneier, gebraten in Butter,
Essen wir täglich, auch Würmchengemüs,
Und später erb ich von meiner Frau Mutter
Drei Nonnenfürzchen, die schmecken so süß.

Ich habe Speck, ich habe Schwarten,
Ich habe Fingerhüte voll Wein,
Auch wächst eine Rübe in meinem Garten,
Du wirst wahrhaftig glücklich sein!

Das war ein Locken und ein Werben!
Wohl seufzte die Braut: ach Gott! ach Gott!
Sie war wehmütig, wie zum Sterben –
Doch endlich stieg sie hinab in den Pott.

Sind Christenleute oder Mäuse
Die Helden des Lieds? Ich weiß es nicht mehr.
Im Beverland hört ich die schnurrige Weise,
Es sind nun dreißig Jahre her.

Helena

Du hast mich beschworen aus dem Grab
Durch deinen Zauberwillen,
Belebtest mich mit Wollustglut –
Jetzt kannst du die Glut nicht stillen.

Preß deinen Mund an meinen Mund,
Der Menschen Odem ist göttlich!
Ich trinke deine Seele aus,
Die Toten sind unersättlich.

Stoßseufzer

Unbequemer neuer Glauben!
Wenn sie uns den Herrgott rauben,
Hat das Fluchen auch ein End –
Himmel-Herrgott-Sakrament!

Wir entbehren leicht das Beten,
Doch das Fluchen ist von nöten,
Wenn man gegen Feinde rennt –
Himmel-Herrgott-Sakrament!

Nicht zum Lieben, nein zum Hassen,
Sollt ihr uns den Herrgott lassen,
Weil man sonst nicht fluchen könnt –
Himmel-Herrgott-Sakrament!

Morphine

Groß ist die Ähnlichkeit der beiden schönen
Jünglingsgestalten, ob der eine gleich
Viel blässer als der andre, auch viel strenger,
Fast möcht ich sagen viel vornehmer aussieht
Als jener andre, welcher mich vertraulich
In seine Arme schloß – Wie lieblich sanft
War dann sein Lächeln und sein Blick wie selig!
Dann mocht es wohl geschehn, daß seines Hauptes
Mohnblumenkranz auch meine Stirn berührte
Und seltsam duftend allen Schmerz verscheuchte
Aus meiner Seel – Doch solche Linderung,
Sie dauert kurze Zeit; genesen gänzlich
Kann ich nur dann, wenn seine Fackel senkt
Der andre Bruder, der so ernst und bleich. –
Gut ist der Schlaf, der Tod ist besser – freilich
Das beste wäre, nie geboren sein.

Maria Antoinette

Wie heiter im Tuilerienschloß
Blinken die Spiegelfenster,
Und dennoch dort am hellen Tag
Gehn um die alten Gespenster.

Es spukt im Pavillon de Flor'
Maria Antoinette;
Sie hält dort morgens ihr Lever
Mit strenger Etikette.

Geputzte Hofdamen. Die meisten stehn,
Auf Tabourets andre sitzen;
Die Kleider von Atlas und Goldbrokat,
Behängt mit Juwelen und Spitzen.

Die Taille ist schmal, der Reifrock bauscht,
Darunter lauschen die netten
Hochhackigen Füßchen so klug hervor –
Ach, wenn sie nur Köpfe hätten!

Sie haben alle keinen Kopf,
Der Königin selbst manquieret
Der Kopf, und Ihro Majestät
Ist deshalb nicht frisieret.

Ja, Sie, die mit turmhohem Toupet
So stolz sich konnte gebaren,
Die Tochter Maria Theresias,
Die Enkelin deutscher Cäsaren,

Sie muß jetzt spuken ohne Frisur
Und ohne Kopf, im Kreise
Von unfrisierten Edelfraun,
Die kopflos gleicherweise.

Das sind die Folgen der Revolution
Und ihrer fatalen Doktrine;
An allem ist schuld Jean Jacques Rousseau,
Voltaire und die Guillotine.

Doch sonderbar! es dünkt mich schier,
Als hätten die armen Geschöpfe
Gar nicht bemerkt, wie tot sie sind
Und daß sie verloren die Köpfe.

Ein leeres Gespreize, ganz wie sonst,
Ein abgeschmacktes Scherwenzen –
Possierlich sind und schauderhaft
Die kopflosen Reverenzen.

Es knickst die erste Dame d'atour
Und bringt ein Hemd von Linnen;
Die zweite reicht es der Königin,
Und beide knicksen von hinnen.

Die dritte Dam und die vierte Dam
Knicksen und niederknien
Vor Ihrer Majestät, um Ihr
Die Strümpfe anzuziehen.

Ein Ehrenfräulein kommt und knickst
Und bringt das Morgenjäckchen;
Ein andres Fräulein knickst und bringt
Der Königin Unterröckchen.

Die Oberhofmeisterin steht dabei,
Sie fächert die Brust, die weiße,
Und in Ermanglung eines Kopfs
Lächelt sie mit dem Steiße.

Wohl durch die verhängten Fenster wirft
Die Sonne neugierige Blicke,
Doch wie sie gewahrt den alten Spuk,
Prallt sie erschrocken zurücke.

Das goldne Kalb

Doppelflöten, Hörner, Geigen
Spielen auf zum Götzenreigen,
Und es tanzen Jakobs Töchter
Um das goldne Kalb herum –
Brum – brum – brum –
Paukenschläge und Gelächter!

Hochgeschürzt bis zu den Lenden
Und sich fassend an den Händen,
Jungfraun edelster Geschlechter
Kreisen wie ein Wirbelwind
Um das Rind –
Paukenschläge und Gelächter!

Aaron selbst wird fortgezogen
Von des Tanzes Wahnsinnwogen,
Und er selbst, der Glaubenswächter,
Tanzt im Hohenpriesterrock,
Wie ein Bock –
Paukenschläge und Gelächter!

Mythologie

Ja, Europa ist erlegen –
Wer kann Ochsen widerstehen?
Wir verzeihen auch Danäen –
Sie erlag dem goldnen Regen!

Semele ließ sich verführen –
Denn sie dachte: eine Wolke,
Ideale Himmelswolke,
Kann uns nicht kompromittieren.

Aber tief muß uns empören
Was wir von der Leda lesen –
Welche Gans bist du gewesen,
Daß ein Schwan dich konnt betören!

Weltlauf

Hat man viel, so wird man bald
Noch viel mehr dazu bekommen.
Wer nur wenig hat, dem wird
Auch das wenige genommen.

Wenn du aber gar nichts hast,
Ach, so lasse dich begraben –
Denn ein Recht zum Leben, Lump,
Haben nur die etwas haben.

Erinnerung

Dem einen die Perle, dem andern die Truhe,
O Wilhelm Wisetzki, du starbest so fruhe –
Doch die Katze, die Katz ist gerettet.

Der Balken brach, worauf er geklommen,
Da ist er im Wasser umgekommen –
Doch die Katze, die Katz ist gerettet.

Wir folgten der Leiche, dem lieblichen Knaben,
Sie haben ihn unter Maiblumen begraben, –
Doch die Katze, die Katz ist gerettet.

Bist klug gewesen, du bist entronnen
Den Stürmen, hast früh ein Obdach gewonnen –
Doch die Katze, die Katz ist gerettet.

Bist früh entronnen, bist klug gewesen,
Noch eh du erkranktest, bist du genesen –
Doch die Katze, die Katz ist gerettet.

Seit langen Jahren, wie oft, o Kleiner,
Mit Neid und Wehmut gedenk ich deiner –
Doch die Katze, die Katz ist gerettet.

Gedächtnisfeier

Keine Messe wird man singen,
Keinen Kadosch wird man sagen,
Nichts gesagt und nichts gesungen
Wird an meinen Sterbetagen.

Doch vielleicht an solchem Tage,
Wenn das Wetter schön und milde,
Geht spazieren auf Montmartre
Mit Paulinen Frau Mathilde.

Mit dem Kranz von Immortellen
Kommt sie mir das Grab zu schmücken,
Und sie seufzet: Pauvre homme!
Feuchte Wehmut in den Blicken.

Leider wohn ich viel zu hoch,
Und ich habe meiner Süßen
Keinen Stuhl hier anzubieten;
Ach! sie schwankt mit müden Füßen.

Süßes, dickes Kind, du darfst
Nicht zu Fuß nach Hause gehen;
An dem Barrieregitter
Siehst du die Fiaker stehen.

Vermächtnis

Nun mein Leben geht zu End,
Mach ich auch mein Testament;
Christlich will ich drin bedenken
Meine Feinde mit Geschenken.

Diese würdgen, tugendfesten
Widersacher sollen erben
All mein Siechtum und Verderben,
Meine sämtlichen Gebresten.

Ich vermach euch die Koliken,
Die den Bauch wie Zangen zwicken,
Harnbeschwerden, die perfiden
Preußischen Hämorrhoiden.

Meine Krämpfe sollt ihr haben,
Speichelfluß und Gliederzucken,
Knochendarre in dem Rucken,
Lauter schöne Gottesgaben.

Kodizill zu dem Vermächtnis:
In Vergessenheit versenken
Soll der Herr eur Angedenken,
Er vertilge eur Gedächtnis.

Orpheisch

Es gab den Dolch in deine Hand
Ein böser Dämon in der bösen Stunde –
Ich weiß nicht, wie der Dämon hieß –
Ich weiß nur, daß vergiftet war die Wunde.

In stillen Nächten denk ich oft,
Du solltest mal dem Schattenreich entsteigen,
Und lösen alle Rätsel mir
Und mich von deiner Unschuld überzeugen.

Ich harre dein – o komme bald!
Und kommst du nicht, so steig ich selbst zur Hölle,
Daß ich alldort vor Satanas
Und allen Teufeln dich zur Rede stelle.

Ich komme, und wie Orpheus einst
Trotz ich der Unterwelt und ihren Schrecken –
Ich finde dich, und wolltest du
Im tiefsten Höllenpfuhle dich verstecken.

Hinunter jetzt ins Land der Qual,
Wo Händeringen nur und Zähneklappen –
Ich reiße dir die Larve ab,
Der angeprahlten Großmut Purpurlappen –

Jetzt weiß ich, was ich wissen wollt;
Und gern, mein Mörder, will ich dir verzeihen;
Doch hindern kann ich nicht, daß jetzt
Schmachvoll die Teufel dir ins Antlitz speien.

Babylonische Sorgen

Mich ruft der Tod – Ich wollt, o Süße,
Daß ich dich in einem Wald verließe,
In einem jener Tannenforsten,
Wo Wölfe heulen, Geier horsten
Und schrecklich grunzt die wilde Sau,
Des blonden Ebers Ehefrau.

Mich ruft der Tod – Es wär noch besser,
Müßt ich auf hohem Seegewässer
Verlassen dich, mein Weib, mein Kind,
Wenngleich der tolle Nordpol-Wind
Dort peitscht die Wellen, und aus den Tiefen
Die Ungetüme, die dort schliefen,
Haifisch' und Krokodile, kommen
Mit offnem Rachen emporgeschwommen –
Glaub mir, mein Kind, mein Weib, Mathilde,
Nicht so gefährlich ist das wilde,
Erzürnte Meer und der trotzige Wald,
Als unser jetziger Aufenthalt!
Wie schrecklich auch der Wolf und der Geier,
Haifische und sonstige Meerungeheuer:
Viel grimmere, schlimmere Bestien enthält
Paris, die leuchtende Hauptstadt der Welt,
Das singende, springende, schöne Paris,
Die Hölle der Engel, der Teufel Paradies –
Daß ich dich hier verlassen soll,
Das macht mich verrückt, das macht mich toll!

Mit spöttischem Sumsen mein Bett umschwirrn
Die schwarzen Fliegen; auf Nas und Stirn
Setzen sie sich – fatales Gelichter!
Etwelche haben wie Menschengesichter,
Auch Elefantenrüssel daran,
Wie Gott Ganesa in Hindostan. – –

In meinem Hirne rumort es und knackt,
Ich glaube, da wird ein Koffer gepackt,
Und mein Verstand reist ab – o wehe –
Noch früher als ich selber gehe.

Zum Lazarus

Laß die heilgen Parabolen,
Laß die frommen Hypothesen –
Suche die verdammten Fragen
Ohne Umschweif uns zu lösen.

Warum schleppt sich blutend, elend,
Unter Kreuzlast der Gerechte,
Während glücklich als ein Sieger
Trabt auf hohem Roß der Schlechte?

Woran liegt die Schuld? Ist etwa
Unser Herr nicht ganz allmächtig?
Oder treibt er selbst den Unfug?
Ach, das wäre niederträchtig.

Also fragen wir beständig,
Bis man uns mit einer Handvoll
Erde endlich stopft die Mäuler –
Aber ist das eine Antwort?

Erinnerung aus Krähwinkels Schreckenstagen

Wir Bürgermeister und Senat,
Wir haben folgendes Mandat
Stadtväterlichst an alle Klassen
Der treuen Bürgerschaft erlassen.

Ausländer, Fremde, sind es meist,
Die unter uns gesät den Geist
Der Rebellion. Dergleichen Sünder,
Gottlob! sind selten Landeskinder.

Auch Gottesleugner sind es meist;
Wer sich von seinem Gotte reißt,
Wird endlich auch abtrünnig werden
Von seinen irdischen Behörden.

Der Obrigkeit gehorchen, ist
Die erste Pflicht für Jud und Christ.
Es schließe jeder seine Bude
Sobald es dunkelt, Christ und Jude.

Wo ihrer drei beisammen stehn,
Da soll man auseinander gehn.
Des Nachts soll niemand auf den Gassen
Sich ohne Leuchte sehen lassen.

Es liefre seine Waffen aus
Ein jeder in dem Gildenhaus;
Auch Munition von jeder Sorte
Wird deponiert am selben Orte.

Wer auf der Straße räsoniert,
Wird unverzüglich füsiliert;
Das Räsonieren durch Gebärden
Soll gleichfalls hart bestrafet werden.

Vertrauet Eurem Magistrat,
Der fromm und liebend schützt den Staat
Durch huldreich hochwohlweises Walten;
Euch ziemt es, stets das Maul zu halten.

Epilog

Unser Grab erwärmt der Ruhm.
Torenworte! Narrentum!
Eine beßre Wärme gibt
Eine Kuhmagd, die verliebt
Uns mit dicken Lippen küßt
Und beträchtlich riecht nach Mist.
Gleichfalls eine beßre Wärme
Wärmt dem Menschen die Gedärme,
Wenn er Glühwein trinkt und Punsch
Oder Grog nach Herzenswunsch
In den niedrigsten Spelunken,
Unter Dieben und Halunken,
Die dem Galgen sind entlaufen,
Aber leben, atmen, schnaufen,
Und beneidenswerter sind,
Als der Thetis großes Kind –
Der Pelide sprach mit Recht:
Leben wie der ärmste Knecht
In der Oberwelt ist besser,
Als am stygischen Gewässer
Schattenführer sein, ein Heros,
Den besungen selbst Homeros.

1649–1793–????

Die Briten zeigten sich sehr rüde
Und ungeschliffen als Regizide.
Schlaflos hat König Karl verbracht
In Whitehall seine letzte Nacht.
Vor seinem Fenster sang der Spott
Und ward gehämmert an seinem Schafott.

Viel höflicher nicht die Franzosen waren.
In einem Fiaker haben diese
Den Ludwig Capet zum Richtplatz gefahren;
Sie gaben ihm keine Calèche de Remise,
Wie nach der alten Etikette
Der Majestät gebühret hätte.
Noch schlimmer ergings der Marie Antoinette,
Denn sie bekam nur eine Charrette;
Statt Chambellan und Dame d'atour
Ein Sansculotte mit ihr fuhr.
Die Witwe Capet hob höhnisch und schnippe
Die dicke habsburgische Unterlippe.

Franzosen und Briten sind von Natur
Ganz ohne Gemüt; Gemüt hat nur
Der Deutsche, er wird gemütlich bleiben
Sogar im terroristischen Treiben.
Der Deutsche wird die Majestät
Behandeln stets mit Pietät.
In einer sechsspännigen Hofkarosse,
Schwarz panaschiert und beflort die Rosse,
Hoch auf dem Bock mit der Trauerpeitsche
Der weinende Kutscher – so wird der deutsche
Monarch einst nach dem Richtplatz kutschiert
Und untertänigst guillotiniert.

Die Wanderratten

Es gibt zwei Sorten Ratten:
Die hungrigen und satten.
Die satten bleiben vergnügt zu Haus,
Die hungrigen aber wandern aus.

Sie wandern viel tausend Meilen,
Ganz ohne Rasten und Weilen,
Gradaus in ihrem grimmigen Lauf,
Nicht Wind noch Wetter hält sie auf.

Sie klimmen wohl über die Höhen,
Sie schwimmen wohl durch die Seen;
Gar manche ersäuft oder bricht das Genick,
Die lebenden lassen die toten zurück.

Es haben diese Käuze
Gar fürchterliche Schnäuze;
Sie tragen die Köpfe geschoren egal,
Ganz radikal, ganz rattenkahl.

Die radikale Rotte
Weiß nichts von einem Gotte.
Sie lassen nicht taufen ihre Brut,
Die Weiber sind Gemeindegut.

Der sinnliche Rattenhaufen,
Er will nur fressen und saufen,
Er denkt nicht, während er säuft und frißt,
Daß unsre Seele unsterblich ist.

So eine wilde Ratze,
Die fürchtet nicht Hölle, nicht Katze;
Sie hat kein Gut, sie hat kein Geld
Und wünscht aufs neue zu teilen die Welt.

Die Wanderratten, o wehe!
Sie sind schon in der Nähe.
Sie rücken heran, ich höre schon
Ihr Pfeifen – die Zahl ist Legion.

O wehe! wir sind verloren,
Sie sind schon vor den Toren!
Der Bürgermeister und Senat,
Sie schütteln die Köpfe, und keiner weiß Rat.

Die Bürgerschaft greift zu den Waffen,
Die Glocken läuten die Pfaffen.
Gefährdet ist das Palladium
Des sittlichen Staats, das Eigentum.

Nicht Glockengeläute, nicht Pfaffengebete,
Nicht hochwohlweise Senatsdekrete,
Auch nicht Kanonen, viel Hundertpfünder,
Sie helfen Euch heute, Ihr lieben Kinder!

Heut helfen Euch nicht die Wortgespinste
Der abgelebten Redekünste.
Man fängt nicht Ratten mit Syllogismen,
Sie springen über die feinsten Sophismen.

Im hungrigen Magen Eingang finden
Nur Suppenlogik mit Knödelgründen,
Nur Argumente von Rinderbraten,
Begleitet mit Göttinger Wurst-Zitaten.

Ein schweigender Stockfisch, in Butter gesotten,
Behaget den radikalen Rotten
Viel besser als ein Mirabeau
Und alle Redner seit Cicero.

Beine

Beine hat uns zwei gegeben
Gott der Herr, um fortzustreben,
Wollte nicht, daß an der Scholle
Unsre Menschheit kleben solle.
Um ein Stillstandsknecht zu sein,
Gnügte uns ein einzges Bein.

Augen gab uns Gott ein Paar,
Daß wir schauen rein und klar;
Um zu glauben was wir lesen,
Wär *ein* Auge genug gewesen.
Gott gab uns die Augen beide,
Daß wir schauen und begaffen
Wie er hübsch die Welt erschaffen
Zu des Menschen Augenweide;
Doch beim Gaffen in den Gassen
Sollen wir die Augen brauchen
Und uns dort nicht treten lassen
Auf die armen Hühneraugen,
Die uns ganz besonders plagen,
Wenn wir enge Stiefel tragen.

Gott versah uns mit zwei Händen,
Daß wir doppelt Gutes spenden;
Nicht um doppelt zuzugreifen
Und die Beute aufzuhäufen
In den großen Eisentruhn,
Wie gewisse Leute tun –
(Ihren Namen auszusprechen
Dürfen wir uns nicht erfrechen –
Hängen würden wir sie gern.
Doch sie sind so große Herrn,
Philanthropen, Ehrenmänner,
Manche sind auch unsre Gönner,

Und man macht aus deutschen Eichen
Keine Galgen für die Reichen.)

Gott gab uns nur *eine* Nase,
Weil wir zwei in einem Glase
Nicht hineinzubringen wüßten,
Und den Wein verschlappern müßten.

Gott gab uns nur *einen* Mund,
Weil zwei Mäuler ungesund.
Mit dem einen Maule schon
Schwätzt zu viel der Erdensohn.
Wenn er doppeltmäulig wär,
Fräß und lög er auch noch mehr.
Hat er jetzt das Maul voll Brei,
Muß er schweigen unterdessen,
Hätt er aber Mäuler zwei,
Löge er sogar beim Fressen.

Mit zwei Ohren hat versehn
Uns der Herr. Vorzüglich schön
Ist dabei die Symmetrie.
Sind nicht ganz so lang wie die,
So er unsern grauen braven
Kameraden anerschaffen.
Ohren gab uns Gott die beiden,
Um von Mozart, Gluck und Hayden
Meisterstücke anzuhören –
Gäb es nur Tonkunst-Kolik
Und Hämorrhoidal-Musik
Von dem großen Meyerbeer,
Schon *ein* Ohr hinlänglich wär! –

Als zur blonden Teutolinde
Ich in solcher Weise sprach,
Seufzte sie und sagte: Ach!

Grübeln über Gottes Gründe,
Kritisieren unsern Schöpfer,
Ach! das ist, als ob der Topf
Klüger sein wollt als der Töpfer!
Doch der Mensch fragt stets: Warum?
Wenn er sieht, daß etwas dumm.
Freund, ich hab dir zugehört,
Und du hast mir gut erklärt,
Wie zum weisesten Behuf
Gott den Menschen zwiefach schuf
Augen, Ohren, Arm' und Bein',
Während er ihm gab nur ein
Exemplar von Nas und Mund –
Doch nun sage mir den Grund:
Gott, der Schöpfer der Natur,
Warum schuf er einfach nur
Das skabröse Requisit,
Das der Mann gebraucht, damit
Er fortpflanze seine Rasse
Und zugleich sein Wasser lasse?
Teurer Freund, ein Duplikat
Wäre wahrlich hier vonnöten,
Um Funktionen zu vertreten,
Die so wichtig für den Staat
Wie fürs Individuum,
Kurz fürs ganze Publikum.
Zwei Funktionen, die so greulich
Und so schimpflich und abscheulich
Miteinander kontrastieren
Und die Menschheit sehr blamieren.
Eine Jungfrau von Gemüt
Muß sich schämen, wenn sie sieht,
Wie ihr höchstes Ideal
Wird entweiht so trivial!
Wie der Hochaltar der Minne
Wird zur ganz gemeinen Rinne!

Psyche schaudert, denn der kleine
Gott Amur der Finsternis,
Er verwandelt sich beim Scheine
Ihrer Lamp – in Mankepiß.

Also Teutolinde sprach,
Und ich sagte ihr: Gemach!
Unklug wie die Weiber sind,
Du verstehst nicht, liebes Kind,
Gottes Nützlichkeitssystem,
Sein Ökonomie-Problem
Ist, daß wechselnd die Maschinen
Jeglichem Bedürfnis dienen,
Den profanen wie den heilgen,
Den pikanten wie langweilgen, –
Alles wird simplifiziert;
Klug ist alles kombiniert:
Was dem Menschen dient zum Seichen,
Damit schafft er seinesgleichen.
Auf demselben Dudelsack
Spielt dasselbe Lumpenpack.
Feine Pfote, derbe Patsche,
Fiddelt auf derselben Bratsche,
Durch dieselben Dämpfe, Räder
Springt und singt und gähnt ein jeder,
Und derselbe Omnibus
Fährt uns nach dem Tartarus.

Lotosblume

Wahrhaftig, wir beiden bilden
Ein kurioses Paar,
Die Liebste ist schwach auf den Beinen,
Der Liebhaber lahm sogar.

Sie ist ein leidendes Kätzchen,
Und er ist krank wie ein Hund,
Ich glaube, im Kopfe sind beide
Nicht sonderlich gesund.

Vertraut sind ihre Seelen,
Doch jedem von beiden bleibt fremd
Was bei dem andern befindlich
Wohl zwischen Seel und Hemd.

Sie sei eine Lotosblume,
Bildet die Liebste sich ein;
Doch er, der blasse Geselle,
Vermeint der Mond zu sein.

Die Lotosblume erschließet
Ihr Kelchlein im Mondenlicht,
Doch statt des befruchtenden Lebens
Empfängt sie nur ein Gedicht.

Worte! Worte!

Worte! Worte! keine Taten!
Niemals Fleisch, geliebte Puppe,
Immer Geist und keinen Braten,
Keine Knödel in der Suppe!

Doch vielleicht ist dir zuträglich
Nicht die wilde Lendenkraft,
Welche galoppieret täglich
Auf dem Roß der Leidenschaft.

Ja, ich fürchte fast, es riebe,
Zartes Kind, dich endlich auf
Jene wilde Jagd der Liebe,
Amors Steeple-chase-Wettlauf.

Viel gesünder, glaub ich schier,
Ist für dich ein kranker Mann
Als Liebhaber, der gleich mir
Kaum ein Glied bewegen kann.

Deshalb unsrem Herzensbund,
Liebste, widme deine Triebe;
Solches ist dir sehr gesund,
Eine Art Gesundheitsliebe.

Über Robert Gernhardt

wurde am 13. Dezember 1937 in Reval (Estland) geboren. Nach Abschluss seiner Schulausbildung 1956 studierte er Malerei und Germanistik in Stuttgart und Berlin. Nach kurzer Zeit als Redakteur bei der satirischen Monatsschrift *Pardon* lebt und arbeitet Robert Gernhardt seit 1966 als Schriftsteller, Maler, Essayist, Cartoonist und einiges mehr in Frankfurt am Main. Gernhardt ist Mitbegründer des Satiremagazins *Titanic* und gilt vielen als Spiritus rector der »Neuen Frankfurter Schule«, die nicht ohne Einfluss auf das Humor- und Kritikverständnis der Deutschen geblieben ist.

Für sein Werk erhielt Gernhardt u. a. den Kritikerpreis der Berliner Akademie der Künste (1987), den Kasseler Literaturpreis für grotesken Humor (1991), den Richard-Schönfeld-Preis für literarische Satire (1997), den Preis der Literatour Nord (1997) und den Bertolt-Brecht-Preis der Stadt Augsburg (1998); 1991 war er zudem Stadtschreiber von Bergen-Enkheim.

Aus seinem umfangreichen literarischen Œuvre seien die folgenden Bände erwähnt: *Besternte Ernte*, Zweitausendeins, Frankfurt/M. 1977. – *Die Blusen der Böhmen*, Zweitausendeins, Frankfurt/M. 1977. – *Ich Ich Ich*, Haffmans, Zürich 1982. – *Kippfigur*, Haffmans, Zürich 1986. – *Körper in Cafés*, Haffmans, Zürich 1987. – *Wörtersee*, Zweitausendeins, Frankfurt/M. 1989. – *Vom Guten, Schönen, Baren*, Haffmans, Zürich 1997. – *Lichte Gedichte*, Haffmans, Zürich 1997. – *Das Buch der Bücher*, Haffmans, Zürich 1997. – *Klappaltar*, Haffmans, Zürich 1998. – *Weiche Ziele*, Haffmans, Zürich 1998. – *Gedichte 1957–1997*, Haffmans, Zürich 1999. – *Berliner Zehner*, Haffmans, Zürich 2001.

Über Heinrich Heine

wurde am 13. Dezember 1797 als Harry Heine in Düsseldorf geboren. Von 1807 bis 1814 besuchte er das von katholischen Geistlichen geleitete Düsseldorfer Lyzeum und begann ein Jahr später eine Banklehre. 1816 wurde er nach Hamburg geschickt, wo er in das Bankgeschäft Heckscher & Co. eintrat, dessen Inhaber sein Onkel Salomon Heine war. Nach dem Bankrott eines Kommissionsgeschäfts, das ihm sein Onkel eingerichtet hatte (Harry Heine & Co.) kehrte er 1819 nach Düsseldorf zurück, studierte zunächst in Bonn, dann in Göttingen, wurde aber (wegen eines Duells) relegiert und ging nach Berlin, wo er rasch Anschluss an die literarischen Zirkel fand. 1825 bestand Heine sein juristisches Examen; im selben Jahr trat er zum Protestantismus über; ein Jahr später begannen seine Verlagsbeziehungen mit Hoffmann und Campe in Hamburg. Sein *Buch der Lieder* (1827) machte ihn schlagartig berühmt. Es folgten zahlreiche Reisen und Umzüge; 1831 zog er nach Paris, wo er als Korrespondent der »Allgemeinen Zeitung« u. a. Balzac, Chopin, Liszt, George Sand und Victor Hugo kennenlernte. 1835 verbot der Deutsche Bundestag die Schriften des »Jungen Deutschland« und damit auch Heines Bücher. Zweimal noch (1843 und 1844) reiste er »nach Deutschland hinüber«; *Deutschland. Ein Wintermärchen* erschien 1844. 1848 erkrankte er an Rückenmarksschwindsucht, die ihn bis zu seinem Tod am 17. Februar 1856 an die »Matratzengruft« fesselte.

Nachwort

von Axel Marquardt

In seinem Band *Klappaltar* von 1998 widmet Robert Gernhardt den linken Flügel Heinrich Heine. In achtzehn Gedichten legt er den poetischen Ertrag seiner sommerlichen Heine-Lektüre aus dem Jahr 1997 vor. Als Heine-Verehrer seit meiner Schulzeit und Gernhardt-Verehrer seit »Pardon«-Zeiten war ich wie selbstverständlich davon ausgegangen, daß Gernhardt und Heine alte Freunde sind, so wie es für mich selbstverständlich war, daß sich Gernhardt und Wilhelm Busch mögen.

Um so überraschender dann, daß sich beim Lesen seiner Hommagen der Eindruck einstellte, hier habe Gernhardt einen völlig neuen Autor entdeckt oder zumindest doch einen Autor neu für sich entdeckt. Offen und unmittelbar entlädt sich seine Begeisterung über Heine, dessen 200. Geburtstag 1997 begangen wurde; ungeniert feiert er dessen Kunst und Lebenshaltung, dessen Widersprüche und Betrügereien; ohne Vorbehalte bekennt er seine Seelenverwandtschaft und macht sie sich für seine eigenen lyrischen Kabinettstückchen zunutze. Ein Meisterwerk und Musterstück poetischer Aufnahme und Aneignung, das mit sicherem Instinkt der Gefahr der Anbiederung spielend und spielerisch entgeht.

Was lag näher, als Robert Gernhardt nach dieser poetisch-poetologischen Analyse um eine, um seine Auswahl von Heine-Gedichten zu bitten? Es wäre doch nicht verwunderlich, wenn der eine oder andere Leser durch seine Vermittlung einen Heine (neu) kennenlernt, der »ihm beibringt, / Daß der Ernst der Erdenschwere / Recht betrachtet nur ein Witz ist« (R. G.: *Prolog im Himmel*); eine Ansicht, die wohl beide Dichter teilen.

Inhalt